# Algumas distâncias percorridas

# Algumas distâncias percorridas

André Maia

*A todos os afetos ao longo do caminho*

# Sumário

on avance mais on se demande, à certains moments, si vraiment
on avance mais on se demande, à certains moments, si vraiment
une enjambée vaut une phrase

***Pierre Alféri***

Lo que aún no tiene forma me protegerá

***Roberto Bolaño***

# Apresentação
por Ismar Tirelli Neto

*Para o André, para os que estão*
*prestes a ler o André pela primeira vez*

André Maia, meu amigo e interlocutor de alguns anos, será o primeiro a colocar em questão minha identificação – com efeito, inteiramente questionável – de seu trabalho em poesia com o de Roberto Piva. Contudo, é um vínculo que sempre me volta quando me ponho a pensar sobre seu trabalho. De partida, ressalto que, se por um lado, trata-se de dicções inteiramente diferentes, existem pontos de contato que inscrevem André numa certa linhagem, numa certa *família*, e que o mapeamento sumário de alguns destes pontos talvez sirva ao propósito de base de um texto de apresentação. Piva – talvez o mais *lendário* dos novíssimos que circulavam por São Paulo no início dos anos 1960, eletrizados pela *beat*, desregrados por Rimbaud, calçados com Nietzsche, Lautréamont, os surrealistas –, passados 60 anos da publicação de seu petardo, *Paranoia*, torna-se ele próprio uma atmosfera, uma ambiência, um dado da cultura. Os que compõem *na cidade* estão forçosamente *nele*, variando-se os graus de divergência ou acatamento. Querendo ou não, estamos todos em Piva, se estamos de alguma forma, no Brasil, trabalhando *a situação citadina*. Mas há outras vizinhanças: o senso de aventura presente na arquitetura das imagens, a onirização da circunstância rueira, a consistência de seu desgosto ante figuras de autoridade e usura, os ocasionais mergulhos na escatologia, o magnetismo exercido por tipos *irrecuperáveis* sobre a sua lírica; tudo isto, a meu ver, aproxima-o do primeiro Piva, em cujo bojo seguimos reimaginando esquinas, becos, boates, praças (antes ou depois do anoitecer).

Atentemos, no entanto, nas diferenças. Onde, no primeiro Piva, não podemos deixar de ouvir, vez por outra, certos acordes triunfantes – tendência que se extrema nos manifestos e posfácios por ele redigidos em seus primeiros anos de atividade poética –, certas efusões descabidas, certas incontenções, André nos coloca o contrário: uma certa *fixidez*, uma implacabilidade (consigo e com o leitor) do olhar. André não escapa pela alucinação, não a emprega como subterfúgio. Se seu trabalho figurativo nos faz pensar na alucinação como método, ele é, por outro lado, tão estreitado à realidade contemporânea, tão desenganado, tão avesso à exuberância, ao golpe heroico-mitologizante, que o leitor se retira de seus poemas com a estranha sensação de ter se defrontado com um trabalho *documental*. É isso que, a meu ver, é *inesgotavelmente* interessante no trabalho de André. O efeito de agudo realismo produzido pelo manejo desenganado, intensamente crítico, de estratégias suprarrealistas. Minha hipótese – pessoalíssima, mas que não me parece irrazoável – é a de que André é um representante especialmente sutil, em texto, de um dilaceramento que toca, em maior ou menor grau, a todos nós que trabalhamos com linguagem atualmente: coabitam em seus poemas *tanto* o entusiasmo pela liberdade, pelas possibilidades analógicas e rítmicas transmitidas a nós pelas vanguardas *quanto* o horror e a atonia diante de um mundo onde *nada se escreve*, um mundo sem coisa pétrea, um mundo onde, de fato, *tudo pode significar qualquer coisa.*

Com André, somos constantemente instados a pensar em *quem é sacrificado* pelo funcionamento azeitado da máquina-metrópole-pensão-mundo. Uma poesia de baixas, cáustica e terna, preocupada sobretudo – penso eu – em reformular as vastidões prometidas. Não é poesia que se alenta a cada manhã, estufando o peito diante de um panorama de arranha-céus, helipontos. É uma poesia de fôlego entrecortado, de encavalamentos desnorteantes, inconcordâncias. E o peito é encovado, chocalha ante a perspectiva de mais um dia de trabalho duro e despropositado. Poesia do perrengue. O eu lírico *é também* um dos selfs servidos que gostariam de se render à modorra após o almoço; ele não se alça, ele não se rebaixa, ele está *a meio.* E é daqui que ele nos fala. É desta desilusão do dinamismo, do progresso, da produção, da agitação vazia; deste ponto, lúcido e triste, em que constatamos que só nos cabe a potência da negação; ser, de alguma forma, malabarista atrapalhando o trânsito, "parafuso emperrado na tarde".

*Do amigo Ismar,*
*março de 2023*

# I. A solidão é um quarto de pensão compartilhado

## Parque da Luz

Um homem mede hora
Em digitais erráticas

Uma mulher varre a chuva

Ele passeia o garfo pela sopa
Salpica condimentar seu turno

Ela fuma da mancha de batom
A gagueira dos nomes

Ele é o melhor amigo do cão

Ela reitera seu valor
Prenhe de miados

Nascem dos fósforos
As sombras

## Sol com nuvens e pancadas de chuva a qualquer hora

é tudo sério
de repente é tudo
tão sério

me disse o palhaço rindo

a cor mais bela
é a cor que vestes

às quatro da tarde
na cidade morta
é tudo vivo
e escala as bordas da chama

todo palhaço é triste
me disse o palhaço rindo

família vende tudo
compra-se ouro

um corpo caído
do viaduto entretém a tarde

o corpo do poema
contra a rotina
também se lança

mas uma folha
de papel paira

## No guichê

todo igual é seu igual
o estranho é parecido consigo a princípio
todo igual é desigual
para consigo
o estranho para si é o princípio
depois fica diferente
ficando parecido consigo
depois se dissolve
depois foge
desaparece entre papéis
sóis, coxias
depois fica parecido com o que ficou
ou com o que fugiu
todo igual é igual ao desconhecido
trouxeram a documentação?
estamos abertos de segunda a sexta
horário comercial
apresentar-se no balcão
vias em mãos

# Um homem bom

quando um colega de quarto disse para eu colocar uma foto no currículo, que assim eu conseguiria um emprego, porque as pessoas liam naturalidade Fortaleza/CE e imaginavam um cabeça chata feio pra porra e ignorante, e que eu tinha boa aparência e até algum estudo, ao menos falava direitinho, não soube bem agradecer.

# TAG

o espargir saliva (o canhão
de lua iluminando
o set abstruso, presenças
cursivas nos prédios
que desabitam), o cuspe
no canto do olho a voz
no risco, que corre por existir

*

a tinta escorrendo, a sombra
feito carne
no muro

*

ar que entranha
espirra seu vírus
de sanha imagem,
iridescência
gris de ruínas
peleja paisagem
a olhos cimentados

*

perícia da pele, o rasgo
escuso, preterindo-se pedra,
os poros pulsando – em fuga
(a lua cochila nos
subúrbios do nome)

## Através da neblina

amanhecer nem sempre é estar desperto.
no céu há nuvens e aviões, centelhas business
massificam o ar. o trem ao longe atrita o ferro.
restringe forma aos corpos acometidos de função.
a casa aduz atávica suas tecnologias.
no fio de corte um anjo blindado retifica o fruto.
em constante de ruínas respira o pão
nossos anseios. pela rua a fome assobia um samba.
fome e samba espiralam-se país.
a noite goteja o que extrai do pó,
e o céu promete desabar sobre placas de vende-se.

## Pedágio

como galhos que se entrelaçam uns aos outros
numa floresta indecifrável
as grades unem-se em uníssono
num surdo canto ferro

ao pé de raiz nenhuma
dividindo rebotalho
com a fome e as mazelas dos bichos

a liberdade exige passagem

## Lunch

ponteiros que toam
mandíbulas
garfos, facas, filas
turno enzimático
na cadeia das forças
produtivas

para lá da aurora
o almoço é hora
(fome é cidade
pressa em digerir)
marcada a dentadas
(o self servido
engravida regresso
à luta que gostava
perder pra modorra)

## Da educação

ponha pés de molho para melhor dançar, dance
mesmo sem saber
a doença de saber-se pelos órgãos inflamados

a ferida gangrenando no ar acre dos contratos
teu rosto costurado nas cracas com pus

o que bem não funciona

bem sabe em si a diferença
no que apodrece de consenso

sentado no rush
olhando pro nada
a pressa dos carros
não reveste o espaço
nem anima qualquer teleologia
toda imagem é como a mesma
repetida ao eterno desgaste
das partes de uma máquina
cuja negação é a única
potência que cabe
parafuso emperrado na tarde

costado de becos e vielas
a fronte frondosa de quinas
desafiadas em gestos de cisma
invectivando o mundo
e suas teias, veias
saltando desconexas
em que caudaloso
transbordar de gente gira
engrenagem com susto
nos condutos do vulto

## A solidão é um quarto de pensão compartilhado

1

aquele cara
carcomido pelas ladeiras
do tempo e os
parkings do tempo
acordara
com amnésia não sabia
sequer o nome
me olhava não
espantadamente
como uma fenda infante
mas um bicho
acossado com olhos
cimentados
não tinha
nenhuma memória
em comum
que pudesse jogar
luz à bússola
nada que tocasse
o cerne
sensível
para retomada
de si
algo do mundo
onde a identidade
se identifica
nada
nem ali ninguém

cada porta aberta
do cativeiro dava
para nova
instalação do mesmo
dávamos com a cara
no desespero quando
a senhoria veio
como sempre aos domingos
cobrar os atrasos
e frente a situação
desconfiando de ombros
disse não se faça
de louco você
me deve tanto
a estupefação no
rosto do homem
raiou quando gritou
lembrei
lembrei de tudo
lembrei meu nome e quem
sou

2

entrado nos cinquenta por acaso
um homem bom se veste bem
mas esta mancha não sai por nada

houve um tempo o café lhe descia melhor
os dedos duros na frente do computador
de costas repartido aos milhares

os olhos nos encarando
por detrás dos guichês de atendimento
por detrás dos balcões das lanchonetes
cegos à janela
por onde as horas bocejam seus deveres

ainda espera por sua vez
ainda frequenta o mesmo bar
acorda sem despertador
dorme com o livro aberto, de sapatos limpos

3

reformam-se internatos em seu coração
enquanto seus ossos dobram esquinas sem si

galinhas abstratas chocam ovos em seu cenho
enrugado por palavras inventadas nos cafés
onde beberica displicente um amor irrealizável

deambula por sebos e livrarias como o dublê
de um heterônimo português em um filme noir

os dentes lhe caem, mas insciente sorri heroico
quando uma pomba voa

4

que nenhum olho mais lhe pouse
o tatear dos cegos
onde um dia fez-se carne

e onde carne faz-se sombra
velhas cinzas em nítida brasa
ato desatado no reflexo da fumaça

um bar uma esquina de fogo
seus seios alerta dão sina ao silêncio
cenho franzido de arrebol

em que curvas acolhem o vinho
em que curvas acolheram o vendaval
em que curvas o tempo fez-se
vestido despido
de um reino uma rua para iniciações

5

eventualmente a solicitavam
eventualmente era solícita
em prol do próprio sustento

ia e vinha como quem um dia partiu
como quem desatou os embrulhos
e descobriu o palco posto à poeira
nu de pêndulos entre os quais
serviam-se seus impávidos patins

a feliz atriz no papel triste
ela jamais terá sido triste
ela agora fuma sozinha na janela
a marca do seu batom no copo impugnável

as contas pagas pelo devaneio

6

é acordar e
olhos onerosos de espaço e fosco
conluia-se à poltrona
engatando pelo arrostar a manivela
algum milagre prosaico de classe

mas logo procrastina-se o susto;
pela luz ainda sonolenta que tomba
seu variegado repetitivo
faz-se religião: café coado
reluz o olfato a uma abstração
de tempo coagulado e irascível
coração em pânico;

carpem, carpem formigas trajetos
nos rastros de mel da manhã
alva como aveia, casca
de banana sobre fundo exequível de chão;

silêncio marcial de liquidificador
tecnologias todas, motores
que reclamam oração;
ruídos de penugens, lamentosos miados,
alguma janela onde o sol se espapaça
na paisagem suburbana de pipas por empinar;

engoma tua sombra vincada
no labor que te furtam os frutos,
escreve no vapor, o chuveiro teu santuário;

vai lá pela rua a pugnar um trabalhador
a sensação acalcanhada de frondejar nos próprios pássaros

7

próxima às garrafas cheias de mijo que se sucedem
na beira da beliche onde na cama baixa ronca
os trilhos do nariz revestidos pela cal insone da noite
o motoqueiro roqueiro com dois demônios tatuados
[nas costas
e uma caveira por baixo da pele

uma barata pisada já não sonha

pela janela entra o canto dos carburadores
a aurora corre-corre e a agonia dos anônimos

esta luz quase fictícia que nada redime
um quarto de pensão onde pintaram um rapaz
gasto por palavras e aluguel atrasado

vindo de longe

## Parler de Dieu

1

ah! pelo ritmo de um bebê me expresso
o rebote destrambelhado dos gestos
batucando o veneno do ócio pelos cantos
ah! seja possível que a consciência do oco
tenha-me abrandado a vontade e desisto
enfurecendo-me os copos em doses
triunfantes meus olhos doutos de sombras
onde por capricho me tomo (respeitado
e acolhido pelos heróis antigos) deus
sim, deus, no sono dos dias, na vertigem
das encruzilhadas, ah! divido o pão sobejo
com o que jaz sem amparo no impermeável
da lei, ah! mas perdoem-me se me excedo,
qualquer trocado basta, mesmo assim agradeço,
excusez-moi pour la mauvaise conscience
vocês são bons e belos e eu sei falar francês

2

pra que tanta energia perdida?
a despreocupação é antagônica
ao futuro
faça a cama e nela filhos

vês aquele esbelto servo do trabalho
amando-se ao recorte de seu traje?
elabora mudez nos melhores serviços
forja entraves aos suplícios do mundo

tem a fome dos vencedores
que é diferente da fome dos perdedores
o que quero dizer, ora, o que quero
dizer é que o problema não está
na fome em si, mas na mesa armada

um bom fiscal de contas
sabe entreter o juízo final
mas nem só de empilhar
planilhas é feito um homem

os dividendos crescem
quantos mais os devedores
eis do que é feito Deus

## História natural

não tenho filhos
(se ainda terei
é um problema do futuro)

mas hoje me fiz reparar
graças a dois poemas que li
na menina que é um cacto
e como cacto retém água
na fralda que lhe aperta
a pele áspera

exposta é já grandinha
grandinha vende
drops mentol
ao sabor do meio-dia

do pai não se sabe
(já disse que não tenho filhos)

a mãe alimenta de um peito
a irmã, o outro seio resguarda
a mão atrevendo espinhos
no costado do entra e sai
do banco do brasil

o país do futuro

(se está o futuro
na fila dos inadimplentes
se se entedia na papelada

entre pilhas de veias
sempre abertas)

é certo não há de ser
problema de ninguém

# Baldeação

1

camuflado na multidão
revela ao sinal sonoro
os acordes com que corta
a monotonia dos trilhos

se difere dos que vendem
ou pedem pelos olhos
atentos, brilho sincero
que trai a rotina indiferente

no abre e fecha das cortinas
se sucedem os vagões

último e derradeiro número
o chapéu que o amanhã acolhe
salva de palmas voluntárias
que tilintam em seu fundo

a quem segue encerra o aço
o silêncio: próxima estação

2

ferida fresca expõe sua flora

pede abrigo à vida do ferro
alguma migalha para a boca
cheia de pus que os corvos
debicam com treinamento
bruto e extraem conveniência
em que aquiesce vagão impassível

ecrã corcunda espaço nenhum
que no girar das catracas
só deve real à ferrugem

3

as que se beijam nos nós das catracas
as que só têm o bilhete de ida
as que estiveram sempre atrasadas
as que pelejam espaço no próximo trem
as que tentam se equilibrar sem apoio
as que se levantam em prol do próximo
as que não têm para onde voltar
as que se abrem a quem está saindo para entrar
as que choram em silêncio no chão
as que dançam ou cantam involuntariamente
as que todo dia experimentam as diferenças do mesmo itinerário
as que trocam olhares no reflexo dos vidros
as que batucam os ossos nos revestimentos de plástico
as que por acaso se encontraram
as que param tudo para ajudar quem se perdeu
as que vêm de longe
as que buscam rostos no mapa das estações
as que se perderam
as que pegaram a direção contrária
as que preferem fazer outro caminho

## Sem saída

escadas
catracas

as faces se repetem
nas galerias

a mesma hora
(todas as horas)
o mesmo dia
(todos os dias)

a mesma constante
de hemorragia

as faces se repetem
nas galerias

uma mulher leva
a mão ao ventre

# Propriedade

humanidade diz o verbo
constipação dizem os excrementos

in útero    dizem
a boca varando fronhas

defeca mundo

vazando
história
prospecta
recursos

e enrijecem a face os brioches

incomestíveis

os mesmos ternos
as mesmas botas
o mesmo presépio nos shoppings

dor de haver de mais revés
dor de septo funga afeto
catarro diário
gosma no amanhã

fermentação, fermentação
dizem
e aceleram as vestes da noite

# Panorama

atravessando ruas sob o obsedar dos helicópteros
o céu o topo dos prédios empresariais
solícito ao pouso do meteoro, o horizonte
posto às mãos impregnadas de fuligem e amigos
cambaleantes em suas euforias
a pele pendendo de sonhos extraviados
em drones impasses da cidade absurda
que nos nomeia um nós devastado de vital substância
no canto onde nos encolhemos com medo das maçanetas

## Work in progress

se não fosse apenas terrível, seria trágico
o que se pode através do próprio esforço
o que se logra (o que se perde enquanto
o sol desliza na contramão das obrigações)
rente às moedas, ringue ao desespero
seria trágico se tocássemos contra os deuses
nosso labor, e não apenas uma geladeira
exígua, uma cama acre, a carne abatida
de uns ponteiros que nos indicam o precipício

## Gleba

esta terra é infecunda

brota lixo do além
Deus sabe que esta terra
é amaldiçoada

*(Cristo é rei, e aos reis nos curvar;*
aceitem este trabalho
a terra apodreceu em nós
o dízimo unifica o Senhor
graça maior
Deus concederá
a terra morta
gera emprego)

o poente explode
bombas poentas
puem o sangue
artefato dialético
do comércio
obra prima do Grande
Gestor, carnificina de
bolsos gordos
coagula nas grades
da praça Júlio Prestes
a tarde derrubada
a tiros:
esta terra arrasada
por primitivos vagantes
vagabundos
nós a restituiremos
aos seus habitantes

as inchadas e os chicotes
de nossas posses

aqui tudo que se planta
dá:
o marketing semeia
storyteling para adubar:

do lodo abismo
de sepulcros
e sangue profícuo
um inclemente arranha-céu
ao sol a sombra trará

## Teorema

entre retas, retângulos, duros ângulos
contra a pressa, a indiferença, a fome
ante o descaso, o cassetete, o álcool
belicoso em curvas, ritmos, rodopios
dança desvairado louco dizem um louco
e retificam o dia em seu passo programado

# O garçom e seus poemas

Teus lábios fora de moda
é melhor saber que o dispêndio
de horas em sim senhores
serviçais a abaixar-me a cabeça
por gorjetas que obliquam ver
o coração, até mesmo os pés.
O beijo, mesmo em ti, tentação
entediosa, é um tempo presente
que não passa sem mim. Aliás
só passa justamente por mim. A saliva
desce-me como elixir do desencontro
linguageiro. Bom, há muito ninguém
se entende. Se cuspirem-me a face
assim como cuspo a si, saberei que valeu
a pena? Afinal, alguma coisa a vale? Paguei
no sebo 10     merréis     por isto
que soa tão essencialmente inútil; não serve
pra nada mas dá um toque
humano para a minha serventia; quebra
a cabeça, e se não entendo, finjo
que sinto, iludido que me reconheço
em algum sentido. De volta ao restaurante
mandarei tudo e todos à merda
mesmo que apenas nas aftas

## Alguém tem que fazer o trabalho sujo (1)

e depois
antes que possa tomar
um bom banho quente
e se arrastar até a cama
para fumar o último cigarro do dia
enquanto pensa numa vida diferente
desta em que os ossos doloridos
e a carne rígida são mais domínio
que a linguagem, pede
mais uma cachaça
adiando o amanhã límpido
de promessas vãs

# Modos

Às vezes era melhor ser aleijado
à mesa com nobres
No mínimo dissimule sua fome
sorrir só com os lábios, inculto
não mais que a complacência:
diferem cavalos pelos dentes
Só os humildes abundam na esmola
Ao passarem-te o bocado já comido
verga ao meio tua satisfação
jamais deixa transparecer repulsa
ao saborear o que não devia ser deglutido
Apenas em casos raros, se a sobrevivência
assim exigir, é que deves, não sem ternura
e apenas para divertimento da contenda
expor qualquer ideia
Se te oferecem um job, qual for o soldo
aceita honrado, e vive por assim dizer

## Empreendedorismo

por um bom tempo
tirei parte
do meu sustento
performando com malabares
no semáforo
gostava de tirar sorrisos
das pessoas
além do dinheiro que
materializava afe
tivamente minha relação
com aquele pú
blico que se formava
ao sinal vermelho
mas quando porventu
raeu atrapalhava o trânsito
e começavam as buzinas eos
xingamentos é que me sentia
verdad
eiramente útil

# Schopenhauer Steak House & Sushi

Salmão Silva dos Santos
foi um peixe poético
percebe-se pela aliteração
muito novo imigrou
nasceu Salmão não
muito batalhou
subiu na vida
quando chegou no topo
morreu
foi comido
por uma família cearense
em viagem a São Paulo
num rodízio a 94,90 a cabeça

## Alguém tem que fazer o trabalho sujo (2)

lavar dinheiro:
sempre que ouvia
imaginava-o no varal
a secar
como quando criança
me fascinava
a carne-de-sol
entre blusas de times
e velhas calcinhas

# II. Beat

## [BEAT-1]

*a palavra escapa*
*escala a concepção muda da manhã*

terrain vague dos corações
                                        em movimento:
o olho do túnel
o suspiro,        ~~ vento veloz da velocidade ~~
tédio e sono em conserva
fermentando fomes – sou o que

impelido ao tônus do sol a pino
costurando espáduas
no pf do dia sem suco?

sacadas lambidas pela luz que leva
na boca o sabor férreo

            esTamos em oBRa s

da vida esperar senão que o
busão passe antes mesmo que
pense em acender um cigarro

            (triângulo de sol de falas ombreadas
nas sequências de nuvens sem forma)

todas as coisas perdidas,
todos os tempos sonhados,
em q agora
                sou
                        trânsito (aurora
            ds'ambulantes)

mucosa nos olhos fardados,
gavetas onde o acorde social
mantém as roupas íntimas
não exatamente
  limpas,
pisco em suas retinas o café com beck
que embaralha possibilidades sob
a sombra da única árvore*
da praça          que solitária     rumina refúgio

do charco nasce o espaço

me lanço ao acaso

(de todos os rios
          sob o asfalto
                    algum deve dar

          no mar)

aproveito o ocaso

para pensar que infinit&  apenas as incertezas

e esta louca maravilha     /     (lavoura cósmica)

                              transacionada em cotidiana
                                        estese

          agora é perder-se na noite pra virar dia -

*CIRCULANDO, CIRCULANDO
(ando privado do meio público)

## [BEAT-2]

*não nego viajo*
estou são, enfrento infrene
o mormaço dos maços
respiro o ar impuro, tusso
limpo a garganta com a maçã
limpo a maçã nas águas
dos meus

não nego viajo
driblando tubarões
sobre o shape (**chape!**)
da nave urbana
que querem todos meus fatos
meus silêncios postos a martelar

retribuo o ritmo
atento ao perigo

sorvo o veneno
engulo cuspo **NA CARA DOS KRA QUE QUEREM NOIS MORTO**

compartilho
compartilhando me regenero
se for preciso finjo, falho,
ajusto o foco, o tato
prensado no trato
mas não me peçam
*espetáculo*
para a pobreza de espírito

sinto-me emboscada na calçada

**eu**

participo sem culpa
pulga entre pulgas na cabeleira do mundo

**– ande –**

pulverizado de estrelas estradas logradouros
paisagens do ontem
pintadas amanhã

Hilda Hilst senta no café novo milênio, vê as convergências
da incoerência na formulação do trágico instante

fonte

transe

esqueça de trancar a porta, transmute-se

*loucura é tudo o que está de acordo com a vida*
respostas são inúteis limpas i-munde-se
verifique se o mesmo encontra-se em movimento
por todos os andares,

*a b r a*

## [BEAT-3]

o chão treme o trem se espreme apressado
coxa com coxa
nascem nenês

suor e sangue
ofegante lufada no cangote
o ônibus desce o tobogã dos rios assassinados

progresso : antífrase

bolo intestinal dos escritórios

prédios espelhados refletem o nada

:: guerras :: gerentes :: generais :: genocídios ::
:: cárceres :: cancelas :: catracas :: cultos :: currais :: condenados ::
:: polis :: polícia :: poder :: privar :: punir ::

produzirproduzirproduzirproduzirproduzirproduzirproduzir
produzirproduzirproduzirproduzirproduzirproduzirproduzir
produzirproduzirproduzirproduzirproduzirproduzirproduzir
produzirproduzirproduzirproduzirproduzirproduzirproduzir
produzirproduzirproduzirproduzirproduzirproduzirproduzir
produzirproduzirproduzirproduzirproduzirproduzirproduzir
produzirproduzirproduzirproduzirproduzirproduzirproduzir
produzirproduzirproduzirproduzirproduzirproduzirproduzir
produzirproduzirproduzirproduzirproduzirproduzirproduzir
produzirproduzirproduzirproduzirproduzirproduzirproduzir
produzirproduzirproduzirproduzirproduzirproduzirproduzir
produzirproduzirproduzirproduzirproduzirproduzirproduzir
produzirproduzirproduzirproduzirproduzirproduzirproduzir

produzirproduzirproduzirproduzirproduzirproduzirproduzir
produzirproduzirproduzirproduzirproduzirproduzirproduzir
produzirproduzirproduzirproduzirproduzirproduzirproduzir
produzirproduzirproduzirproduzirproduzirproduzirproduzir
produzirproduzirproduzirproduzirproduzirproduzirproduzir
produzirproduzirproduzirproduzirproduzirproduzirproduzir
produzirproduzirproduzirproduzirproduzirproduzirproduzir
produzirproduzirproduzirproduzirproduzirproduzirproduzir
produzirproduzirproduzirproduzirproduzirproduzirproduzir
produzirproduzirproduzirproduzirproduzirproduzirproduzir
produzirproduzirproduzirproduzirproduzirproduzirproduzir
produzirproduzirproduzirproduzirproduzirproduzirproduzir
produzirproduzirproduzirproduzirproduzirproduzirproduzir

consumir e ser consumido
&
a miséria que a ganância engendra
&
o cerco das imagens prontas
& violência & medo & intolerância &

consumir e ser consumido

trânsfuga

sumo no colar de conchas
ponta de lança   corpo plâncton
âncora esculpida nas ondas

(condenação da linguagem
ao fogo alastrando-se
na fundação falida
de um espaço nômade)

peregrino pouso na imaginação a memória
que faz conviver
futuro e história

passo pontes sem pressa
paixões poli-valentes
no olhar que me pressente
o ser agora do tempo

: a peste sou eu

terreno baldio e ruína
coincido com a vontade

o delírio é que sou meu próprio fato
irreversível alguém me toma
suicida a renascer em seus braços

rios que resistem
&
se retroalimentam
nos becos ermos
da cidade sufocada

olhos nos olhos
o sol bronzeado dos amantes
a coragem repartida dos imprestáveis
os irredutíveis despojos dos fracassos
os corpos incorruptíveis dos degenerados

meu patuá

## Cafarnaum

cinema manancial neblina
vai assassino
sentir nascer
o destino
desmoronamentos nos calcanhares
cambaleio em meus sapatos
de palhaço
minhas medalhas derretidas
de bom moço
meu chapéu de pirata
é monumento para qualquer praça
olhos de tocha: torpedos atolam
na alegria
faíscas nas sandálias:
vozes
          vozes

          pneumáticas

vozes
  cantam

                    vozes
manancial de vozes
o tempo afluente
no tempo que é
muitos tempos

                    vozes
curtem o couro
          dos tambores

trocânteres elásticos chicoteiam dados
sem números
          se apostam
é no movimento erupção livre do som

CAFARNAUM

CAFARNAUM

cafarnaum                    meu povo!
a dor dorme no ponto
os tiranos ainda não nasceram
cafarnaum                    meu povo!

CAFARNAUM

*a palavra escapa*
cabelos entopem
o ralo da pia
o rastro
luminoso do trânsito
a lente
aberta em longa
duração
na foto organiza
os feixes
por delação sobreposta
das sombras
somos todos iguais
até que um olho se arregale
na língua muçurana
ao fundo ao céu da garganta
do outro, e no mosto
encharque
o miolo
a textura da carne
no tempo crivado
de farpas
moído o vento
em dias a fio
fiar do plexo
solar
sonora exigência
a sede salivam os poros
do cotidiano batuque
uma pratada de baião-de-dois
carne de sol estendida

no varal que mede
diferença e distância
cachaça a falta tira
gosto no caju
sal na cajarana
uns bons goles
de desgraça
a tv no bar ligada
a palavra escapa
escala um corpo
dropado nas esquinas
da cicatriz em fuga

## * A POLÍCIA PASSA *

não circulamos
valores
circulamos circulados
como alvo
estertores escaldantes
afiam a
ponta do
dardo

(um skatista fricciona a (doutor em) superfície
desvia certeiro de um turista entretido
concentra a gravidade para desenhar o espaço
dado que reconfigura à baila em pouso style
adiante no princípio básico do movimento
compartilhado que a praça preserva)

afago a tarde
em teus cabelos
deito sambas
em tua fé / fotogênica
no traço ondulado
da presença

fosfóricos lábios
riscas sorrisos

a brasa acesa
da tua graça

acordamos a noite
viramos fumaça
tragados pelo rebuliço
da música

nossos corpos entendem / o espaço
como forma / de habitar
habituamo-nos
à alegria mas

# Play

Ao meio do caminho sempre nos cruzamos. Ele vai por onde vim, e eu sigo seus passos até qualquer ponto insondável. Entre a multidão de movimentos irresolutos, sinto-o se aproximar, reconheço sua silhueta a distância. Vamos cada qual para seu inferno remunerado. Nada mais sabemos um do outro, além de que existimos, dois olhares que se tocam poucos segundos apenas, e seguindo o manual da boa convivência, se ignoram; e que a determinada hora atravessamo-nos pela via pública, nossos silêncios em riste, num trajeto esvaziado pela pressa dos compromissos, vitrines, comida rápida, anúncios publicitários. Se o segurança sempre aposto na frente do imponente prédio do banco de investimentos, que parece rosnar para o inesperado e se fasta de tédio entre a geral indiferença para com sua presença treinada para a guerra e o sincero afeto que sente pela bunda de colegiais que passam segredando meninices enquanto lambem uma casquinha do Bob's, pausasse a câmera de segurança no exato momento em que eu e ele estamos emparelhados, tomaria notas, talvez, poderia considerar suspeita certa cumplicidade muda e curiosa, ou tesão inexpugnável sob a pele do caos. E no ponto cego da câmera um pichador se inscrevesse no muro, onde ainda escorresse de uma indigente o mijo, o grito. E play. Indelével algo do tempo suprimido.

## Let's dance

qual verbo não sei, ressentir-se

jamais

entre planos, baixo e alto, entre
os rastros, dançando
dançando na minha cara esburacada

ladeira para skate que manobra
ela sobe a rua um Bowie nas conchas

*Ashes To Ashes?* pequenos chocolates

*(mas há pânico nas ruas)*

destarte pássaro, destarte peito
do pé-
solidão sinfônica-

plantas que ela descuida
lindo jardim
comendo pequeno
na minha cara

*(hang the dj*

*but the planet is glowing)*

abstrato de cardumes no couro propulsor
uma cidade acesa no coração
cata estrelas no lixo

despista alegria
dos aquários das grandes avenidas
segue o nervo dos batimentos
tenso de luz revolta
olho ventando em pouso
de pássaro atraído ao fruto

(lábios lúbricos
o rio celebra
suas danças)

pensa com o foguete em brasa
que o laivo das roupas
é o requinte das sementes

pronto sumo das serpentes

nas rachaduras da forma
quando sorrimos de volta

# III. Algumas distâncias percorridas

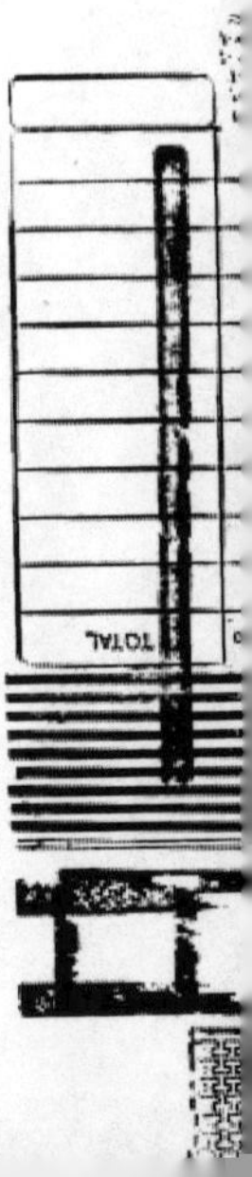

## Osso

deslizar o mundo
no reflexo das águas

    partir quer dizer
voo artificioso, gozo
da vogal ininterrupta

quer dizer asas
laminadas decepando
    a vastidão

o polegar opositor
reage à expectativa
lancinante dos olhos

quando uma floresta
concreta o gelo seco
revela o véu opaco
neblinando a respiração

se envolta
            incerto fecho
na alça da deriva
que faz contingência
para a ilha        mínima
cercada de caos     e nada

chegar é osso

vertebral da coluna
a esgrimir na
mobilidade tortuosa

das raízes dispostas
pela amputação

                    no curvar
-se                         o crânio
ao umbigo              palpitando
na concha o pulso

          vital a clepsidra

que num manuscrito
   tomba em ondas
contra paredão de pedras
que o deserto lubrifique
sal e sol chacoalhados
na espuma
das
                              vozes

que volupendem

no que tange os passos
atributo de peixes
no oceano de máquinas

            busca céu no
vidro indevassável
em que pássaro

            choca-se

(é dos vãos o voo)

silente a promessa de futuro
            em que agora é chão
                        infante
busca brinquedo nas cacas
do cão

das retas autômatas
as cabeças torcidas
para saborear na ferida a lâmina

(é de pedra o fio da boca)

o petróleo a que adere o sol
sons de sirenes
listas, filas
que espumam de um mar ausente
de um outro cambalear

fátuo e furto o dever que
no istmo atesta o solo

entremares de compromissos
acinte no miscível
                                        percebe
do velame o movimento
túmido
de cansaço
a carne mordiscada pelo lancil

(concreto também é cais e pouso)

em que o coreuta salienta seu surf

nos caldos do Pensionato Paraíso

## Encorpava

significava antessalas
entrava aturdido em pelos
a pele nos bolsos do mar:

ossos tamborilando o tempo
famélico revisa o tutano próprio

ou

finca-se em dizer
            o nada dito

no calcinado dos cenários.

atrelado aos borbulhes da coisa
crispava-se a coisa

                        meus olhos

– de pedra a pedra
o sapato se preenche de pé –

engasgava cidade e assentia mordendo-me

roía ecléticos bares, desvãos
e brechós de calçados;

despossuído, pousava perene
frente a comida, devorado
se fazia carne.

no mais das meças,
espartilhado cabia
                – biliar escrutável –
na delgada passagem da areia.

morder lentamente um pensamento
desabar as asas no respaldo como um anjo
decadente se acomoda no pecado.
algum petisco para gatos de rua.
enquanto o café esfria sinto
o presságio da tua presença.
*agora é tarde para ter medo.*
penso na solidão como um filme do Godard.
sou capaz de ir até o fim no que há
de insônia no sonho ou de amável no que ouço
        ecos.
sou uma escultura de sobejos. escapando
no tempo suas formas.
*tanta fuga e tantos em fuga*
fiquei com esse verso na cabeça
mas já não lembro onde o li.
vejo prédios com seu modos geométricos
espapaçados em corpos
de ângulos tão diversos
como são as faces da fome habituando a rua.
o olho medica-se em detalhes
aparentemente imiscíveis.
corre pros teus lábios, onde é cego, todo
ato de existir na imagem.
levanto, dobro os joelhos, azeito os artelhos
afago o ar com as costelas plúmeas, os dedos
rabiscando o limite dos olhos. fumo, já que me excita
(ínsito pênsil na caneta atribulada)
e os braços sobram no que de resto
está sempre a meio caminho.
alguém grita por socorro mas
é sessão da tarde no bar. o desespero se parcela.

de resto a moda diversificou bastante seu conceito
de elegância. o último trago de cada cigarro,
depois do primeiro do primeiro do dia,
é o melhor. é como morrer de saudade.
os segundos demoram-se nos sentimentos
alheios aos tropeços dos ponteiros.
sempre perco a hora.

## Por que apenas sobreviver já não bastaria

o tiro expirou no grito
sucumbido
no olhar inquieto do surdo: vento
cambaleava corpo desapercebido

aos frascos do futuro
e seus rótulos néon – as peças
espalhadas pela cidade
não encerravam o puzzle

"pela Av. Paulista, quantas curvas no quarto"

outras vidas para repor
no estoque não
certo faz do gato a salvo (porque apenas
sobreviver já não bastaria)

a solidão dos fogos de artifício
o caramujo
"concluiu-se que a explosão
da abóbada foi acidental":
dias escritos a grafite
o alcance do acaso
nas dobras do figurino
um caso sem solução

arrimo onde os livros gravitam
sonhar silhuetas, cílios
maquinando repasto
sucedendo-se biombos, prateleiras
delimitar o sem fundo das possibilidades
dizem que o fogo chegou a consumir
todas as sombras do bairro
ela se abaixava para pegar o isqueiro
a ponta do salto afundando na tapeçaria
enquanto dava o sinal
não pude ver o que folheava
mas aquela seção é sempre perigosa
não sei por que disse que viria
o sono por fazer a dias
gosto de vagar à toa, a ilusão de movimento
o chilique da criança desviou a atenção
através do vidro as luzes da cidade queimavam
em alguns aquários estava o fungo
a paralisia entre sacolas e contínuo de manequins
dentro do ônibus rostos
anônimos resguardando horizontes     respaldando abismos
sempre que saio com meu tênis furado
começa a chover
o relógio no alto do prédio marca outro dia

## Película

olhar vago percorre o espaço
antes não esperaria
a metamorfose estar completa

essa luz branca trocando de óculos
alternando seringas
servindo-me o velho pão na chapa

que as horas sequer existam
– calibram pneus –
que invariavelmente tudo converge
num filme em que deus
é um coadjuvante distraído

foi-se o tempo de inocência
para com ruídos (a peixeira
raspando escamas, limpando
vísceras das águas), foi-se
e agora aqui estamos
submetidos a tantas informações inúteis
quanto é dispensável
qualquer quê a mais de sensibilidade

estão todos mentindo
e é provável não haja
qualquer verdade
por detrás disso

apenas uma mancha de sangue
secando ao sol
na realidade da roupa

antes misturar-se ao chorume
fragmento de rio
na onda que somos

olhar vago percorre o set
ótima tomada, dizem
podemos sentir
que algo se rompeu

os rastros gotejam no ponto cego
como mendigos no bairro burguês

(duas garotas sorriem criminosas
no café da esquina são belas
e a chuva lhes roça em sussurro)

estilhaços sangram realidade
refletem fração de céu sujo
o vidro de volta à areia

onde piso

a cidade é uma estrela morta
sua viva luz assobiando nas janelas

néon que pisca no bar solitário
–
debalde mordida no ar
do cão ensandecido

Corávamos o boi abatido
Contra os chifres
Os dentes     pro-
Pensos

Sendo na sombra seguro
Pactua-se cidade
Entre pernas

Fulcral do vulto estar-se vivo enquanto

Morte atesta os caminhos
Da lei     Os homens bons
Os bons negócios

A obrigação do gozo entre guerras

# Na voz do ventríloquo

depois o tédio assume a contenda saliva
na mínima garatuja
os ossos se alongam e a morte palita os dentes
        as cáries abominam o doce
        mastiga-se por muito menos
palpito ao silêncio do infinito as contas pagas
baldeado na infiltração das coisas
livros frutas desesperos aparadores de barba
este terreno baldio e a ânfora vertida que sinto
me avivando as vísceras vagabundeando nos poros
o cinema que é meu tesão
o mar das horas
os parques em que devaneio práticas marciais
minha vocação para grama
estão vendo a lua? estive nu no passeio público
torço o pescoço e já nada é como antes
        tenho azia e preguiça e medo
tudo isso é uma chatice só        nunca sei o que dizer
é tudo tarde ainda assim o despertador soa
anjos estacionados em locais proibidos
conheci alguns     quando estão tristes     fazem festas
revestem espelhos com máscaras e deixam-se
vestir a sério apenas para despir-se a sério          bom
também rio a sério e nada feito tudo de novo
eu me divirto com a ideia de alegria mais do que a alegria

este poema arrasta-se
a morosidade tem suas persianas
a apneia sabe-se repleta de ar

avança. deve haver algo
nas entrelinhas que dê atrito
ao acolchoado aos pés

pegadas no cimento fresco

nos nós das ruas busca horizonte
o corpo integrado à respiração
seria uma utopia? se perde

olha para trás, em volta
incubado no crepúsculo alguém lhe lê
e aqui se atesta a cidade

espaço que ainda guarda
a memória do encontro

seus sons primordiais
ranhuras que encaixes tracejam
seus anelos nunca suficientemente maduros
em galhos onde testar a própria leveza

## Poema com três dedos de poeira para limpar

lembro do chão de taco atarantado
e a compleição da ausência humana
que ali se avantajava

(do negligenciado um quarto,
        se a vida vassoura abrigo
no inabitável,
        faz-se)
        [face]

(abrigo continua me parecendo insuficiente)

mas como seria um poema poento?
um poema a descobrir a respiração soterrada?

(da infraestrutura do abandono sobressai
        amanho das ruínas
[dos ruídos]: nos constitui
        o brotar biliar do físsil
[do difícil]                                        )

é como se me descrevesse

(havia rock na calçada
        e um rasgo no indiscernível do viaduto
        fazia a vocação da onda mar
        contíguo à rua do ouvidor,
São Paulo do cimo)

é como se descrevesse um mambembe
cortejo de sonhos
chocando-se contra a lei

(e da janela que limpamos a mímica
                                        se apresentasse
lírico fundamento do ar)

e por baixo
de toda palavra descobrir-se-ia
o corpo

a que se deve haurir o pó

## Ao som da chama

o barqueiro é mendigo
e a moeda são balões de hélio

o encontro desata contos
da deriva fez-se cerne
da travessia
inabordáveis
senão por fantasmas
errantes também no destino da carne

passajado o perigo iminente
a arquitetura própria
de nossas curvas
sinuando viadutos
elucubrando janelas
baças nos lidos de outras páginas

o belo é você conhecer o centro da cidade
por nossos olhos
simultaneamente, é claro, ao marcá-lo com sua
própria erupção
dançante
de viajante
sem posses

plano aberto para o desejo
ecoando gestos risonhos
no âmago aquoso da noite concreta

o mau espírito do progresso
como um índio bêbado
sob a nova camada

do resinificado massacre
no vão do vale que os skatistas ressignificam

saciados na encruzilhada
beira de bar sem portas
                    no declive da saliva
assegurando naipe e número
na reentrância da carta sortida
sortido o mistério em tudo

que percute

esse cão sem dono incubado
no sol à parmegiana
a fome correndo o correio da voz
vulgarmente erguidas
as mangas
da cultura ao músculo
sedutor
expondo o pulso
por instante sem ponteiros
sílabas de carne lançadas a troco odes
ao desperdício
viabilizando o acaso não
a palavra
acaso
supõe-se: Frank O'Hara
tinha ao menos um terno
para cada dia da semana
depois do almoço o cinema
cada vez mais íntimo
numa rua de perguntas
sem esfinges

## Science Circus

Vai-se ao fundo da escuridão
Se suspenso o ato tudo é luz
e expectativa. A ponta da faca
projeta todo o corpo na mira
O corpo mirado conhece o ar
pelo corte que a lâmina reluz
Assevera gravidade todo ato
de equilibrar. O corpo coxo
que dança. A rua a essa hora deserta
Os bares se encolhem, é quando
ele passa arrevessando fogo
É da loucura que sobrevive
mais sóbrio que quase todos
que tremem no canto do ricto
É público o aterrorizado da vida
privada toda pretensão subleva
Faz-se carne na bruma dos olhos
o desarrazoado da sobrevivência

para expectativa
somente desvio
forja realidade

engastar
forçando espaço e tempo
a dança:
presença e perscruto

devasso do olho
que nada fixa
além do movimento

arrostada a tentação
do vício neural
pelo derruído do método:

é propulsão
respiratória
o que
atravessa de um corpo a
outro
de um corpo
a outro há a
possibilidade do toque, lugar –

o prurido do sentido,
vogar do verbo

(abrigo se faz no embate)

forma própria
da relação

gozo
    encontra
      pouso

onde a hóstia
sabota em si
a prece

e a rua
            lá fora
dobra esquina
            no íntimo

## Já sei medir a distância

ando vazado
escorro por ralos, bueiros
lençóis freáticos
emerso no cuspe
já sei medir a distância
nem sempre vivo a viagem
cochilo, sonho
com o laminado da sombra
esqueço quem sou, nasço
tudo que sei
se soube escorre
no entredentes no sulco
da pele arde os limites do mar
o pélago nos poros
não obstar as formas
que o tempo rouba:
é eu o infrator
espargido no aqui:
do perfume é o vidro a essência
os cacos fincados na carne
o sangue que salta a veia

## Trilha

tenho me engasgado
o peso destes dedos doem
na garganta
arranham o futuro
as unhas crescidas
no olho das mãos
cutucam o pelo encravado
o pus com sangue acende o sol
a pele salivando
ilumina verdade provisória
senão nenhures
mas uma forma que se engasga
mastiga areia expele cactos
a pele salivando
anda a tossir o mar nos pulmões
anda a saltar frases nos ossos
rabo de peixe pisando a praia
tropeça no horizonte
o piche sob os pés
cola o corpo ao papel
as três costureiras fazem a barra
do croqui o facão
abre a trilha ressoa
estridente contra a pedra

## Onde é fundo

estar na pele nela soltar-se
em tiras estrias trapos rasgados
e costurados com a febre
na verve do corte moldar músculo
cavalos sonoros nos olhos
a dentro aduz soslaio (em galope
o galáctico sonido do tempo
mordiscar o declive do humor)
arrastando nossas pernas mentais
em fêmur tropeço que dizer
língua pisada na esteira do piano
brega elétrico de nós atados
o que dizer nossos corações de calçada
como crochê que fofocasse chama
no triz da agulha a ostra exposta
na ferida que linha irrompe o ponto
o gesto a recusa a ponte onde é fundo

plástico bolha espacejando o ato
língua na lombada do vinco
a chuva encharcando as luzes
as luzes nadando na rouquidão
do concreto
seio de céu etéreo
amamentando
o reboco do osso sobre
os tentáculos de ar folheados
e a pélvis serpenteando
a lâmpada no nada
a febre em brasa o ferro em forja
o circunlóquio dos lençóis
balbuciando treliças no tônus
e o trâmite se afoga em paz
elefante em frêmito
ao som dos loucos que dançam
o repique das crinas
o sonho das janelas-gelatina

## Escoagem

sob chuteiras dependuradas
sobre fios de alta tensão, passo
sobre calos passo, solícito
à passagem, grito em mãos
mãos em mãos. o pélago do toque
emaranhado nos cabelos
do mar: eis o próprio peso
no fôlego explora a densidade
à superfície gravita o movimento. giro
pelo giro, onde passava o rio
o indiviso a cada físsil
passando contínuo sabe-se margem
onde insiste a cicatriz

## Escapar para o presente

se há música mesmo
na câmara anecoica
que vórtice voltaremos
ainda a dizer entre
sim e não
o verdejar das dissoluções
se vem se não vem o que já
é qualitativo de seus objetos
infeccionando a paixão
em bocas de rédea própria
e das fábulas vertidas
de vazio
se espera
a forma da espera
a forma de cada desejo
orquestrando a fanfarra rude
de periódicos perimetrais
permeáveis pela cegueira de Tirésias
olha a cobra Tirésias
o samba se sondar
entranha inunda
de citadina boca caramelada
como sempre os golpes
de ferro e indiferença
a ardência transige
no corpo incrustado
de voraz verão se importa
mais a respiração que conduz
que a fuga em si seja qual for
tomaremos alimento a saturno
se agora é esqueleto seu

a articulação de nossos ossos
e quando e quando
a modorra nos segredar mar
e tremores mais
ainda seremos como quando
como e onde e quando

nada fácil vem ser atravessar ruas
nada meças, mas mercúrio

as ogivas do passadiço, broto tramitado de si
que da fisga tal hora se recobra
um tratado de margens onde nada ao fundo

que de margem já sem trégua
se estenda ao sol pegadiço de ontem

e ao sol pegadiço de outrem se repique em cordas

fóssil projétil de mira inconclusa
encordoado o alvo donde som

## Padaria coletiva

eu cimento o pão
o vazio a morte o fracasso
a lógica a linguagem
o estômago o sexo a vontade
descansando deixando descansar
numa ocupação qualquer
comer o forno
até a angústia prover nos tramar
recreio com amor e desenganos
recheio sabor dos encontros
cascalhos cheios de afeto
para engordar
desilusão doura a casca;
niilismo ou fé, pouco dá
fogo é fogo
para saber é só se queimar
uma pitada de loucura
prescindir jamais
(o exagero pode embatumar)
ganhar corpo até o transpor das portas:
rastro de migalhas
a fome compartida

esgotou-se o leite
o leiteiro há muito morto
a aurora envergonhada
é prata no exímio bolso

não se fazem mais poetas como antes
este aqui está bêbado
juro, bêbado
balouça as ancas a todo custo
vai de carnaval em carnaval
indiscernível entre amor e ódio
muito ódio
ouve-se outro tiro
os maus palhaços voltam a falar a sério
é tudo SALE e congestão
o que sobra alguém bem estraga
o soçobro, tesouro
quem publicar isto é louco
deve ser
a recessão ou sei lá que musa

Quant.
P. Unitário
TOTAL

## Notas do autor

1. No poema "História natural", os dois poemas de que se trata são os homônimos "História natural", de autoria de Marília Garcia e Cacaso.

2. No poema "Gleba", o verso "Cristo é rei, e aos reis nos curvar" foi retirado do Canto X de *O Guesa*, de Sousândrade.

## Agradecimentos

Agradeço à Teresa, sem a qual este livro não seria possível, e ao Ismar, pela interlocução e olhar sempre atento.

## Sobre o autor

André Maia nasceu em Fortaleza em 1989.
É autor deste *Algumas distâncias percorridas*.

**Edição e revisão** Bruno Zeni
**Capa, projeto gráfico e ilustrações** Sílvia Nastari

Dados Internacionais de Catalogação na Publicação (CIP)
(Laura Emilia da Silva Siqueira CRB 8-8127)

Maia, André.
Algumas distâncias percorridas/ André Maia; apresentação, Ismar Tirelli Neto; capa e projeto gráfico, Sílvia Nastari. 1ª ed. – São Paulo: Editora Quelônio: 2023. 120 pp.; 14 x 21 cm.

ISBN 978-65-87790-45-9

1. Ficção: Literatura brasileira 2. Literatura brasileira: poesia
I. Maia, André. II. Tirelli Netto, Ismar III. Nastari, Sílvia.

13-20234 CDD 869.91

Índices para catálogo sistemático:
1. Ficção: Literatura brasileira
2. Literatura brasileira: poesia
869.91

Editora Quelônio

Rua Venâncio Aires, 1072
Vila Pompeia / São Paulo - SP
05024-030
www.quelonio.com.br

**Fontes** ITC New Baskerville Std e Anton
**Impressão** Nossa Impressão
**Papéis** Pólen Bold 90g/m² e Cartão LD 250g/m²
**Tiragem** 150 exemplares
**São Paulo, julho de 2023**